손톱을 오도독! 변신 대장 뿅이

한수언 글 · 홍그림 그림

키디리

차례

① 새로운 이웃 ☆8

② 학교는 두근두근 ☆25

③ 보석 선생님 ☆44

④ 달콤한 거짓말 ☆61

⑤ 모두 함께 ☆76

 작가의 말 ☆90

① 새로운 이웃

이사하기 참 좋은 날씨야. 어제만 해도 비가 내렸지만, 오늘은 햇볕이 따스하고 바람도 솔솔 불어왔어. 할머니가 정성스레 가꾼 정원 수풀 사이에서 뽕이는 새로 이사 오는 사람들을 지켜봤어. 어른들은 냉장고며 티브이 같은 무거운 물건들을 열심히 날랐어. 송이도 짐 상자를 옮기느라 구슬땀을 흘렸지. 상자에는 일기장, 사진 앨범, 아기 때부터 쓴 베개, 할머니가 주신 팔찌, 스마일 머리띠 같은 소중한 물건들이 들어 있었어.

송이가 상자를 들고 계단을 밟으려 할 때였어. 발밑에 뭔가가 미끄덩거렸어.

"악!"

송이는 짧게 비명을 지르면서 재빨리 균형을 잡았지. 넘어지진 않았지만, 상자는 놓쳤지 뭐야. 뽕이는 송이가 무사해서 다행이라며 한숨을 포옥 쉬었어.

송이의 신발 바닥에 어젯밤 비에 젖은 나뭇잎이 철퍼덕 붙어 있었어.

"이그, 떨어져라. 떨어져!"

나뭇잎을 떨구려고 송이가 제자리에서 발을 왔다 갔다 비벼대며 춤을 췄어. 트위스트 춤을 추다 보니 땀이 났지만, 기분은 상쾌해졌어. 할머니는 화가 날 때면 좋아하는 노래를 흥얼거리며 춤을 추셨어. 그러면 어느새 짜증이 쏙 들어간다고 했어. 송이는 할머니를 떠올리며 신나게 춤췄어.

하얀 벽돌로 짓고, 주황색 지붕을 올린 이 집은 원래 할머니가 사시던 집이야. 돌아가신 할머니 생각에 송이는 눈가가 시큰해졌어. 씩씩하게 눈물을 참고는 떨어진 물건을 상자에 넣어서 집으로 들어갔어.

고개를 두리번거리며 주위를 살피는 꼬마 쥐 뽕이의 수염이 꿈틀거렸어. 뽕이는 사람들이 쥐를 싫어하는 걸 알기에 늘 조심했어. 뽕이는 송이가 미처 줍지 못한 파

란색 구슬 팔찌를 들고는 자기 집으로 쪼르륵 들어갔어.

"드디어 송이가 왔어! 처음에 어떻게 다가가야 날 좋게 봐 줄까?"

뽕이가 깨진 유리에 비친 제 모습을 바라봤어. 손에 침을 묻혀서 머리를 빗질하고, 긴 수염 끝을 동그랗게 말아 보기도 했어. 어떻게 해도 썩 마음에 들지 않는지 뽕이가 얼굴을 찡그렸어. 자신감이 없어진 뽕이의 어깨가 축 처졌어. 송이도 다른 사람들처럼 쥐를 싫어하면 어쩌지 하는 불안한 마음이 들었어.

"아니야, 송이는 분명히 나를 좋아할 거라고 할머니가 말씀하셨잖아. 그 말을 믿고 용기를 내자!"

뽕이는 할머니가 주신 해바라기 씨를 집어 먹었어. 오도독 씹을 때마다 고소한 맛이 입안을 가득 채웠어. 긴장했던 마음이 사르르 녹아내렸지.

"배도 부르겠다 낮잠이나 한숨 자 볼까?"

뽕이는 폭신한 지푸라기 침대에 벌러덩 누웠어. 보고

싶은 할머니 생각에 코끝이 찡해졌어. 눈을 감으니 할머니를 처음 만났던 때가 떠올랐어.

뽕이 혼자 들판으로 소풍 갔던 어느 봄날이었어. 들판에 핀 온갖 꽃에 취해서 조금 늦게 돌아오는 길이었지. 마당 벽돌에 난 쥐구멍을 통해 집 앞에 도착한 순간, 뽕이는 '힉' 하고 숨을 들이마셨어! 뽕이 집 대문 코앞에서 할머니가 모종삽을 들고 장미를 심고 있었거든.

'으악 사, 사람이다! 어떡해! 어떡하지?'

너무 놀란 뽕이는 제자리에서 꼼짝도 못 했어. 뽕이의 작은 심장이 콩닥콩닥 뛰었어. 전에 살던 할아버지는 뽕이만 보면 싸리 빗자루를 휘두르기 일쑤였거든. 그뿐만 아니라 마당에 쥐덫까지 설치했어.

"어머, 하마터면 모르고 밟을 뻔했구나."

얼음처럼 굳어 있는 뽕이를 발견한 할머니가 조심스레 말했어.

"그, 그걸로 절 때리실 건가요? 내쫓으실 거예요?"

"어휴, 무슨 소리! 이웃을 다짜고짜 때리면 안 되지. 네가 나보다 먼저 살고 있었잖니. 작고 귀여운 쥐야, 반갑구나."

"안녕하세요, 할머니. 전 뽕이라고 해요."

그날 이후로 친구가 된 뽕이와 할머니는 함께 차도 마시고, 춤도 추고, 마을 뒷산으로 소풍도 갔어.

사실 뽕이네 가족은 훨씬 오래전부터 이 집에서 살았어. 정확히는 뽕이의 엄마의, 엄마의, 엄마의, 할머니 때부터 살았지. 엄마는 뽕이에게 사람들은 믿을 수 없으니 가까이 다가가지 말라고 신신당부했어.

뽕이는 할머니와 함께 지내면서 엄마의 말이 어쩌면 틀린 게 아닐까 생각했어. 할머니는 뽕이가 봐 왔던 사람들과는 달리 거짓말을 안 하고, 친절한 데다, 늘 다정했거든.

어느 날 뽕이가 할머니를 만나러 방으로 들어갔어. 할머니는 침대에 누워 시름시름 앓고 있었어. 뽕이는 어쩔 줄 몰라 하며 할머니 곁을 밤새워 지켰어. 뽕이가 슬퍼

하는 것을 보고 할머니가 말했어.

"이번 감기는 꽤 지독하구나. 그래도 약 꼬박꼬박 먹었으니깐 곧 괜찮아질 거란다."

"정말이죠? 이제 곧 낫는 거죠?"

"그렇대도. 그나저나 이번 마을 회의에 꼭 가겠다고 했는데 몸이 이러니 약속을 못 지키게 돼서 걱정이구나."

할머니가 걱정하시는 모습에 뽕이는 가슴이 아팠어. 그래서 고민 끝에 비밀을 털어놓기로 했지.

사실 뽕이네 가족은 손톱을 먹으면 그 손톱의 주인으로 변신하는 특별한 쥐였거든. 뽕이가 조심스럽게 비밀을 말하자, 할머니가 깜짝 놀라며 기뻐했어.

"우리 뽕이, 정말 놀랍고 신기한 재주가 있구나!"

할머니는 손톱을 깎아 뽕이에게 주었어. 뽕이가 손톱을 오도독 씹어 먹자 뭉게뭉게 구름이 피어나면서 뽕이가 할머니로 변했지.

그렇게 뽕이는 할머니로 변신해서 아픈 할머니 대신

회의에 다녀오기로 했어.

떨리는 마음을 감추고 뽕이는 당당하게 마을 회관으로 들어갔어. 주변 이웃들에게 먼저 인사도 건넸지. 할머니만의 "오홍홍홍~" 하는 코웃음 소리도 그럴싸하게 흉내 냈어. 옆집 할머니도 깜빡 속으실 정도로 말이야.

점점 자신감이 붙은 뽕이가 회의에서 손을 들고 당당하게 말했어. 저번 소낙비에 무너진 할머니의 집 앞 다리를 고쳐 달라고 말이야.

들키지 않고 무사히 돌아온 뽕이를 할머니가 따뜻하게 맞아 주었어. 그리고 며칠 후 할머니가 뽕이에게 말했어.

"마을 사람들이 무너진 다리 때문에 불편할까 봐 걱정했는데 뽕이 네 덕분에 금방 고칠 수 있게 되었어. 정말 잘됐지 뭐니. 이건 고마운 마음에 너를 생각하며 만든 거란다. 받아 주겠니?"

"우와! 너무 예뻐요! 항상 매고 다닐 거예요. 고맙습니다, 할머니!"

뽕이는 할머니가 만들어 주신 파란 체크무늬 리본을 꼬리에 달고 배시시 웃었지.

시골 생활을 꿈꿔 왔던 송이네 가족은 할머니 집으로 이사 오기로 했어. 나이가 드셔서 예전만큼 건강하지 않은 할머니도 함께 살게 되면 좋겠다고 하셨지.

이사를 앞둔 어느 날 할머니가 빗길에 미끄러져 넘어지셨어. 다리가 부러져서 급히 수술을 받았지만, 몸 상태가 나빠져서 밥도 잘 드시지 못했지. 결국 할머니는 주무시다가 돌아가셨어. 함께 살 날을 손꼽아 기다리던 송이네 가족은 무척 슬펐지. 할머니는 이제 안 계시지만, 부모님은 할머니의 방을 치우지 않고 두고두고 할머니를 추억하기로 했어.

송이가 살그머니 할머니 방문을 열고 들어가서 침대에 누웠어. 할머니가 꼭 안아 주면 품에서 나던 쿰쿰하고 구수한 냄새가 났어. 뭔가를 발견한 송이가 일어나 책상으로 향했어. 제비꽃, 민들레, 냉이꽃, 토끼풀 등 들꽃들이 책상 위에 한가득 쌓여 있었어. 책상 오른쪽 구석에는 손가락 길이의 밀짚모자며 작은 털조끼같이 조그만 물건도 있었지.

"할머니가 인형 놀이를 하셨나?"

돋보기안경을 쓰고 인형 옷을 만드는 할머니를 생각하니 피식 웃음이 새어 나왔어. 벽에 걸린 작은 액자들도 눈에 들어왔어. 파란 체크무늬 리본을 꼬리에 매단 쥐가 과자 상자로 만든 식탁에서 병뚜껑 접시에 놓인 쿠키랑 우유를 먹는 그림이었어. 또 다른 액자에는 밀짚모자를 쓴 쥐가 해바라기 아래서 소풍을 즐기는 그림이 있었어.

"귀엽다! 역시 우리 할머니 손재주는 알아줘야 해. 나도 여기서 그림 그려야지! 물감이랑 붓이 어디 있더라?"

송이가 나가고 잠시 후, 침대 안쪽 바닥에 있는 작은 나무 문이 열렸어. 할머니 방으로 연결된 땅굴을 타고 온 뽕이가 문에서 나와 단숨에 책상 다리를 타고 책상 위로 올라갔어. 뽕이가 할머니 사진이 든 액자를 바라보며 입에 물고 있던 들꽃을 내려놨어. 할머니를 향한 그리움으로 뽕이의 눈에 눈물이 그렁그렁했어.

그때, 송이가 방으로 들어왔어. 놀란 뽕이가 후다닥 책꽂이 뒤로 숨었지. 송이는 책상에 미술 재료들을 늘어놨어. 망설이던 뽕이가 조심스레 고개를 내밀었어.

"꺅! 쥐다, 쥐!"

"자, 잠깐만! 할 말이 있어!"

송이가 놀란 눈으로 뽕이를 뚫어지게 보다가 벽에 걸린 액자들과 뽕이를 번갈아 봤어.

"가만, 저 그림 속의 쥐가 혹시 너야?"

"응, 난 할머니 친구 뽕이라고 해. 네 이름은 송이지? 할머니께 얘기 많이 들었어."

"내 얘기? 우리 할머니가?"

"응. 실은 난 할머니가 이 집에 오시기 전부터 여기에서 살았어. 아주 옛날 우리 엄마의, 엄마의, 엄마의, 할머니 때부터 말이야."

"그렇구나. 그럼 우리는 이웃이면서 친구가 되는 건가?"

"이웃! 친구! 둘 다 마음에 들어!"

"나도 말하는 특별한 쥐랑 친구가 돼서 좋아! 이 꽃들을 여기에 갖다 놓은 것도 너지?"

송이가 눈을 반짝반짝 빛내며 말했어. 뽕이는 수줍게 고개를 끄덕였지.

"네가 아까 떨어트린 팔찌를 내가 주웠어. 잠깐만 기다려 봐. 금방 가져올게!"

침대 안쪽 바닥에 있는 나무 문으로 나간 뽕이가 금세 돌아왔어.

"내 팔찌! 할머니가 만들어 주신 건데 잃어버린 줄도 몰랐어. 찾아 줘서 고마워!"

"소중한 물건을 잃어버리면 속상하잖아. 나도 할머니가 만들어 주신 리본이……. 악! 내 리본, 내 리본 어디 갔지? 분명히 꼬리에 달려 있었는데! 정원에 떨어트렸나?"

뽕이가 발을 동동 구르며 걱정스레 말했어.

"그럼, 우리 같이 찾아보자!"

송이는 뽕이를 멜빵 치마 앞주머니에 넣고 정원으로 달려갔어. 그리고 풀밭, 화단 사이사이를 샅샅이 뒤졌어. 뽕이도 까만 눈을 크게 뜨고 리본을 찾았어.

"앗, 저거 아니야?"

떨어진 나뭇잎 사이로 파란 체크무늬 리본이 눈에 띄었어. 기쁜 마음에 뽕이가 주머니에서 튀어 나갔어.

"고마워! 너 아니었으면 못 찾았을지도 몰라!"

팔찌를 손목에 찬 송이와 리본을 꼬리에 매단 뽕이가 마주 보며 싱긋 웃었어.

2
학교는 두근두근

2학년 2학기가 시작되는 날이야. 송이가 풀잎 초등학교에 처음 가는 날이기도 했지. 새로운 학교에서 친구를 잘 사귈 수 있을까, 담임 선생님은 좋은 분일까, 떠오르는 생각에 송이는 잠을 설치고야 말았어.

"오늘 새 학교에 처음 가는 날이지? 근데 아침부터 피곤해 보이네?"

뽕이가 해바라기 씨를 오물거리며 물었어.

"너무 걱정돼. 이미 애들끼리 친해져서 내가 끼어들

틈이 있을까? 아, 학교 가기 싫다."

"안 돼! 학교에 가서 공부는 안 해도 친구들이랑 놀아야지."

"하긴 그래. 혼자는 심심하니깐 학교는 가야겠지……."

송이는 영 자신 없는 표정으로 힘없이 말했어.

"뽕이야! 부탁인데 네가 같이 가 주면 안 돼?"

"내가? 그러다가 들키면 어쩌려고!"

"너무 긴장했는지 배 속까지 막 울렁거려. 무섭기도 하고 말이야. 제발 도와줘. 뽕이야!"

송이의 부탁에 뽕이는 결심했어.

"알았어! 내가 필요하다면 함께 가자!"

"우와, 정말? 뽕이 최고!"

재미있는 일이 생길 것 같아서 송이는 가슴이 두근거렸어. 좀전의 걱정은 저만치 뒤로하고 서둘러 가방을 메고 학교로 향했어.

교실 앞에 이르자 아이들이 왁자지껄 떠드는 소리가 들려왔어. 조용희 선생님이 문을 열고 들어가 아이들에게 외쳤어.

"모두 조용히! 오늘부터 함께 공부할 새로운 전학생 친구예요. 자기소개 해 볼래?"

안경 너머 조용희 선생님의 눈이 반짝반짝 빛났어. 그 눈빛에 송이는 몸이 굳었지.

"아, 안녕하세요. 소, 송, 송송이입니다……."

마음과는 달리 자꾸만 손도 떨리고 목소리도 떨렸어.

"소, 소, 소, 송, 송이! 너 양송이 수프 좋아해? 나도 그런데!"

"아니야, 초코송이 좋아할걸?"

"송이송이 눈꽃 송이 하얀 꽃송이. 너 제일 좋아하는 계절이 겨울이지?"

아이들은 자기들끼리 찧고 까불며 웃었어. 송이는 온 몸이 얼어붙어서 고개만 푹 수그렸지.

"네가 너무 떨고 있으니깐 아이들이 너를 웃게 하려고 그런 걸 거야."

뽕이가 주머니에서 작은 코를 내밀며 작게 속삭였어. 아이들에게 씰룩이는 뽕이의 수염을 들킬까 봐 송이는 가슴이 조마조마했어. 기침하는 척 손으로 주머니를 가리며 엉거주춤 서 있었어.

"어디 보자, 송이가 어디에 앉으면 좋을까……. 그래, 저기 자리가 있네?"

선생님이 영지 옆의 빈자리를 가리켰어. 잠에 취한 영지의 머리가 책상에 닿기 직전이었지. 뒤에 있던 혜미가 영지의 등을 쿡쿡 찌르자, 졸던 영지는 화들짝 놀라서 얼른 머리를 들었어. 입가에 말간 침이 고여서 떨어지기 직전이었지.

"영지야, 오늘부터 송이가 네 짝꿍이다."

"제 짝꿍이요?"

송이가 쭈뼛쭈뼛 영지 옆자리로 걸어갔어.

"영지와 송이라니. 둘이 버섯 베프네. 영지버섯, 송이버섯! 푸하하."

앞자리에 앉은 훈동이의 말에 영지 얼굴이 아까보다 더 새빨개졌어. 송이 못지않게 부끄러움을 많이 타는 영지였어. 영지가 송이를 째려보며 속닥거렸어.

"너 때문에 나까지 놀림 받잖아! 이게 뭐람."

"미, 미안해……."

잘못한 것도 없는데 송이는 영지에게 괜스레 미안했어. 숨어 있어야만 하는 뽕이는 송이에게 도움이 되지 못해서 주머니 안에서 수염만 부르르 떨었어.

쉬는 시간이 얼마 남지 않았는데 화장실에 간 영지가 아직 오지 않았어. 걱정된 송이는 영지를 찾으러 화장실에 갔어.

"영지야, 나 송이야. 너 혹시 여기 있어?"

그러자 맨 마지막 칸에서 영지의 목소리가 들렸어.

"히잉, 나 여기 있어. 히이잉."

"영지야, 너 울어? 혹시 어디 아파?"

"차라리 콱 아파서 움직이지도 못하면 좋겠어."

"아프면 좋겠다니 그게 무슨 말이야?"

"이번 시간에 앞에 나가서 독후감 발표해야 하거든. 하기 싫어 죽겠어."

"나도 발표 울렁증 있어서 앞에 나가면 다리도 떨고 말도 더듬어. 발표는 정말 끔찍해."

"정말? 송이 너랑 나랑 통하는 게 있네?"

영지가 화장실 문을 열고 나왔어. 진짜 눈물까지 흘렸는지 영지의 눈가가 발갰어.

"송이야……. 나 너무 떨려서 손톱을 계속 물어뜯었더니 진짜 배가 아픈 것 같아."

"손가락까지 빨간 게 아프겠다. 그럼 너 양호실 데려다주고 온다고 내가 말할게."

"정말? 고마워, 송이야."

수업 종이 치고 아이들이 모두 교실로 돌아가서 화장실은 조용했어. 몰래 화장실 문 뒤에 숨어 있던 뽕이가 모습을 드러냈어. 발표 때문에 너무 겁을 먹은 영지를 도와주고 싶었지.

뽕이는 바닥에 떨어진 영지의 손톱을 오도독 씹어 먹었어. 뭉게뭉게 연기가 피어오르더니 뽕이가 영지로 변했어!

뽕이는 서둘러서 교실에 갔어. 곧이어 앞문이 열리고 조용희 선생님이 들어왔어.

"오늘 독후감 발표하는 날이지? 영지부터였나? 어머, 양호실은 벌써 다녀왔니?"

"네!"

뽕이는 영지의 독후감 공책을 들고 당당하게 앞으로 나갔어.

"제가 읽은 책은 《손톱 먹은 쥐》입니다."

영지의 공책에는 다른 이야기의 독후감이 써 있

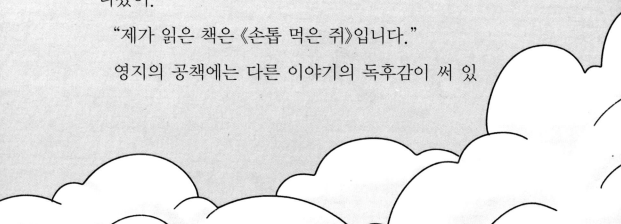

었지만 뽕이는 자신 있는 표정으로 말을 이어 갔어.

"글공부가 세상에서 제일 싫었던 게으름뱅이 도령은 만날 놀 궁리만 했습니다. 고뿔이 들어서 몸까지 으슬으슬한 어느 날이었습니다. 여전히 공부하라고 잔소리하시는 어머니 때문에 도령은 골치가 아팠습니다. 그때 툇마루로 쥐가 지나갔습니다. 문득 스님이 해 주신 손톱 쥐 이야기가 도령의 머릿속에 떠올랐습니다. 도령은 '옳지, 이거다!' 하며 달콤한 경단에 자기 손톱을 끼워서 쥐가 지나는 길목에 두었습니다. 하기 싫은 공부를 쥐가 대신해 줄 거란 생각에 도령은 신이 났습니다."

"《손톱 먹은 쥐》 나도 봤는데 저런 내용이 있었나? 도령이 일부러 그랬었어?"

훈동이가 옆에 있는 범석이에게 물었어.

"글쎄……. 나도 못 본 것 같은데?"

조용희 선생님의 얼굴이 점점 코 푼 휴지처럼 구겨졌어.

"저기, 영지가 뭘 착각한 거 아니니? 책 내용이 그게 아닌 것 같은데…….”

"제가 알기로는 이 내용이 맞는데요, 선생님?"

뽕이가 웃으며 말했어. 조용희 선생님은 의아해하면서도 평소와는 달리 신나게 발표하는 영지를 지켜보기로 했어.

"아, 그럼 좀 더 들어 보자꾸나."

"도령과 친구가 되고 싶었던 쥐는 일부러 경단을 먹고 도령으로 변신했습니다. 도령은 몰래 쥐와 같이 놀다가도 공부 시간만 되면 쥐에게 할일을 몽땅 맡기고 자기는 산으로 들로 저잣거리로 놀러 다니면서 시간을 보냈습니다."

그때, 양호실에 갔다 온 송이가 교실 앞 복도에 이르렀어. 교실 안에서 발표 중인 영지를 보고 깜짝 놀랐지.

"어라? 분명히 내가 영지를 양호실에 데려다줬는데 어떻게 교실에 있지?"

송이는 일단 교실에 들어가 자리에 앉았어. 다른 아이들은 여전히 고개를 갸웃하며 웅성거렸지.

"쥐는 처음엔 도령을 도와주려고 변신했지만, 인간으로 지내는 게 꽤 재미있었습니다. 쥐에게는 공부도 놀이처럼 즐거웠습니다. 시간이 지나고 동무도 많이 생겼습니다. 동무들은 달라진 도령을 좋아했습니다. 그중에는 도령이 짝사랑한 소녀도 있었습니다."

"저기 잠깐만! 우리 영지가 독후감이 아니라 상상 글짓기를 해 왔구나. 숙제를 잘못 이해했지만, 특별히 봐줄 테니 이제 들어가 보렴."

조용희 선생님이 미소를 지으며 말했어. 그때 반장 윤아가 손을 번쩍 들었어.

"선생님! 영지 얘기 재미있어요! 더 듣고 싶어요!"

"저도요, 이대로 끝내면 결말이 궁금해서 밤에 못 잘

것 같아요!”

“맞아요. 좀 더 듣게 해 주세요!”

아이들이 너도나도 손을 들며 이야기를 마저 듣자고 했어. 조용희 선생님은 이마 양쪽을 지그시 누르더니 뽕이에게 계속하라고 말했어. 뽕이는 신이 나서 어깨를 으쓱거렸어.

“소녀까지 쥐를 좋아하자 도령은 머리끝까지 화가 났습니다. 밉기만 한 쥐를 골탕 먹이려고 일부러 부모님 속을 썩이고 동네 아이들을 괴롭혔습니다. 혼이 날 때면 냉큼 도망가서 모든 잘못을 쥐에게 뒤집어씌웠습니다.”

“와, 알고 보니 되게 못된 애잖아?”

훈동이가 책상을 땅 치며 외쳤어.

“그렇지? 나도 그렇게 생각해!”

조용희 선생님이 맞장구 치는 뽕이를 지그시 바라봤어. 뽕이는 서둘러 들뜬 기분을 가라앉혔지.

“쥐는 도령이 말썽 피울 때마다 대신 사과하고 원래대

로 돌려놓았습니다. 그럴수록 사람들은 쥐를 칭찬했습니다. 결국 질투심에 눈이 먼 도령은 무시무시한 음모를 꾸몄습니다. 바로 무시무시한 고양이를 들고 쥐에게 다가간 것이었습니다!"

"그다음은 나도 알아!"

"나도! 고양이한테 물리고 변신이 풀려서 다시 쥐가 되잖아!"

뽕이가 코웃음을 치며 집게손가락을 좌우로 까딱거렸어.

"천만의 말씀! 고양이는 쥐를 물기는커녕 다정하게 몸을 비비며 아는 체했습니다. 오히려 평소 고양이를 잘 괴롭혔던 못된 도령을 발톱으로 앙칼지게 할퀴었습니다. 안타까운 마음에 쥐가 뛰어들어서 고양이의 공격을 막았습니다. 고양이 발톱에 맞아서 본 모습으로 돌아온 쥐가 서글프게 말했습니다.

이제 됐어! 그렇게 내가 사라지기를 바란다면 난 이만 떠나는 수밖에.

결국 고양이와 함께 떠난 쥐는 다시는 도령 앞에 나타나지 않았습니다. 진실을 알게 된 마을 사람들은 짐승만도 못하다며 도령을 혼냈습니다. 도령은 뒤늦게 후회했지만, 아무 소용이 없었답니다."

"우와! 내가 알던 것과 완전히 다른 이야기네?"

"쥐와 고양이가 친구였다니!"

아이들의 감탄에 뽕이가 뿌듯한 표정으로 고개를 끄덕였어.

"저는 이 이야기를 듣고, 친구가 되는 데는 생김새보다 마음이 더 중요하다고 생각했습니다. 소중한 친구가 곁에 있을 때 잘해야 하는 것도 잊지 말아야 하고요."

"이야기를 듣다니? 누구한테 말이니?"

뽕이는 해맑게 웃으며 대답했어.

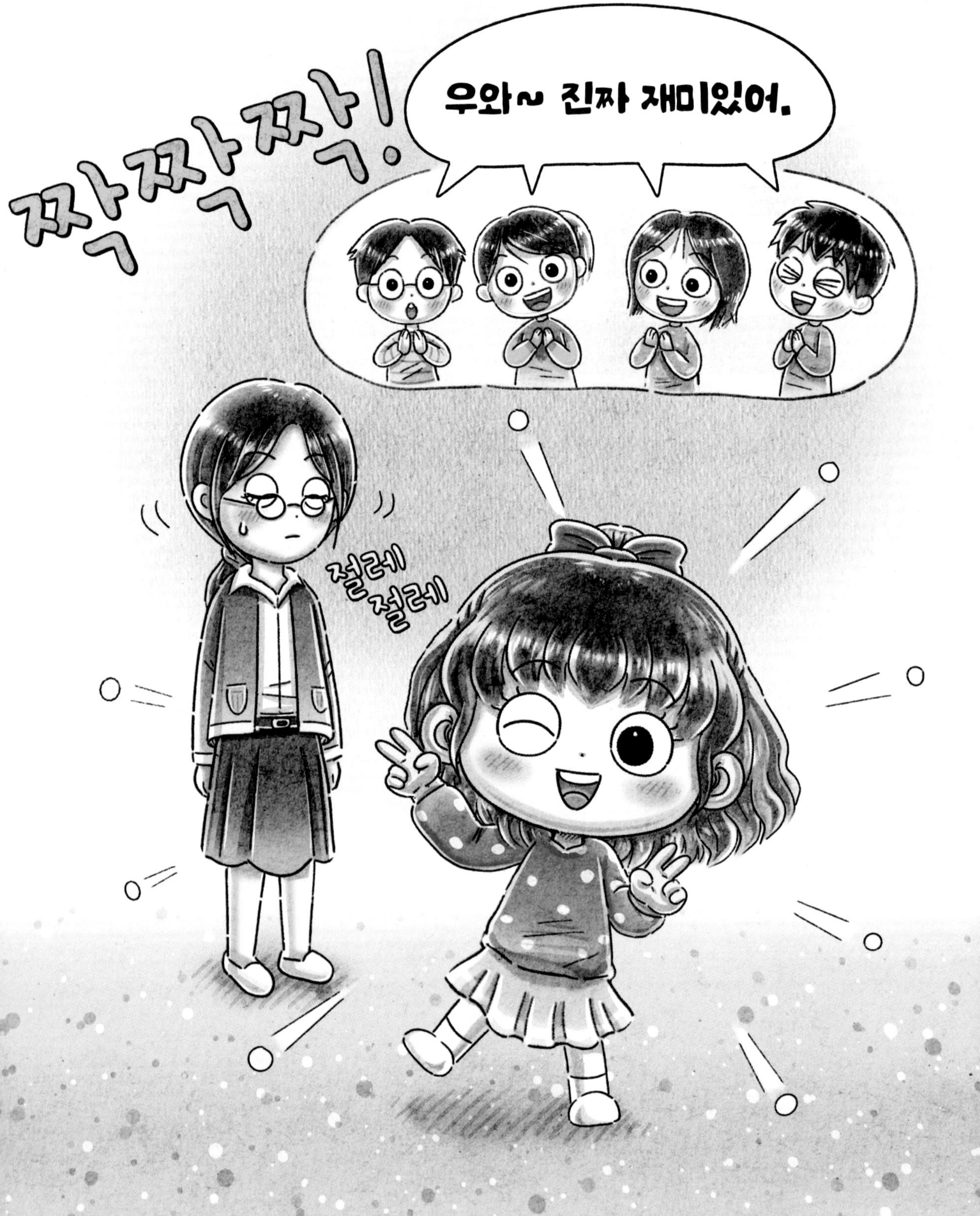
짝짝짝짝!
우와~ 진짜 재미있어.
절레절레

"우리 엄마의, 엄마의, 엄마의, 할머니가요! 이상 발표를 마치겠습니다!"

아이들이 손뼉을 치자 뽕이가 브이 자를 그리며 까불거렸어. 조용희 선생님은 어쩔 수 없다는 듯이 고개를 절레절레 저었어.

"선생님! 저 너무 열심히 발표했나 봐요. 화장실 가고 싶어요!"

"그래, 우리 영지. 재밌는 얘기 들려주느라 고생했으니 다녀오렴."

뒷문으로 나간 뽕이는 복도 끝에서 영지가 오고 있는 걸 봤어.

"이크! 하마터면 큰일 날 뻔했네."

뽕이가 화장실로 들어간 사이, 영지는 교실로 들어갔어.

"영지야! 너 진짜 멋있더라!"

"이제 보니까 완전 이야기꾼이네!"

"네가 하는 거 보니까 발표 별거 아니더라. 그냥 솔직

하고 재밌게 느낀 바를 얘기하면 되는데 말이야!"

아이들의 쏟아지는 칭찬에 영지는 어리둥절했어.

"내가? 난 방금까지 양호실에서 편하게 쉬다가……."

"맞아! 영지처럼 친구랑 쉬는 시간에 얘기하듯 편하게 하면 되는 거였어!"

덩달아 송이까지 영지를 칭찬했어. 그러자 영지가 눈을 반짝이며 말했어.

"맞아, 발표는 어렵지 않아! 즐겁게 할 수 있어!"

수업이 모두 끝났어. 뽕이가 주머니를 쿡쿡 잡아당기며 송이에게 말했어.

"그 발표, 실은 내가 변신해서 한 거야."

"뭐? 그게 정말이야?"

"응, 영지가 너무 안쓰러워서 도와주고 싶었어."

뽕이가 변신해서 영지 대신 발표했다는 사실을 영지에게 말해야 할지 송이는 고민했어. 그때, 영지가 송이의 어깨를 톡톡 치며 말했어.

"송이 네 덕분에 무섭기만 했던 발표 시간이 이제 안 무서워!"

"어? 내 덕이라고?"

"응. 네가 같이 걱정해 주고, 친구한테 말하듯이 편하게 하면 된다고 했잖아! 그 말에 용기 내서 다음엔 진짜 멋지게 발표할 수 있을 것 같아!"

송이와 뽕이의 눈이 마주쳤어. 송이는 빙그레 웃었지.

"영지야! 전학 와서 모든 게 낯설었는데 좋은 친구가 되어 줘서 나도 고마워!"

"좋다! 그럼 우리 집까지 같이 걸어갈까?"

"좋아!"

3

보석 선생님

    다음 날 아침, 집을 나서려던 송이가 후다닥 방으로 들어가서 줄넘기를 가방에 챙겼어.

"그게 뭐야?"

뽕이가 호기심 어린 까만 눈을 반짝이며 물었어.

"줄넘기. 오늘 체육 시간에 한다고 했거든."

    2교시가 되자 반 아이들이 운동장으로 우르르 뛰어갔어. 조용희 선생님이 주먹으로 어깨를 툭툭 치며 흐느적흐느적 그 뒤를 따라 걸었어.

"에구구. 잠을 잘못 잤는지 목, 허리, 어깨, 다 쑤시네. 애들이 오늘은 조금만 얌전히 굴었으면 좋겠다."

뒤에서 송이가 듣는지도 모르고 조용희 선생님이 중얼거렸어.

"친한 친구 결혼식이라 큰마음 먹고 한 손톱인데…….별일 없겠지?"

조용희 선생님이 자기 손을 내려다보며 걱정스레 말했어. 송이가 옆으로 가서 힐끔 선생님의 손톱을 봤어. 딸기 우유 색깔로 칠해진 손톱에 작고 예쁜 보석이 반짝였어.

"송이야, 난 줄넘기가 너무 싫어. 단체 줄넘기 때 맨날 나만 줄에 걸려. 우리 반에서 내가 제일 못해. 다른 애들은 엇갈려 뛰기, 2단 뛰기 다 잘하던데."

가람이가 시무룩한 얼굴로 송이에게 말했어.

"아냐. 나도 2단 뛰기 겨우 해. 손목 빨리 돌리는 거 어렵잖아."

"선생님이 집에서 연습 안 했냐고 물어보실 때면 좀 속상해. 매일 저녁 옥상에서 줄넘기 연습하는데도 실력이 안 는단 말이야. 나도 답답해."

가람이의 기운 없는 목소리에 송이의 마음이 찌릿했어. 송이는 가람이에게 힘내라고 다정하게 어깨를 토닥였어.

"우리 같이 연습하자. 천천히 해 보면 분명히 잘할 수 있을 거야."

운동장에 도착한 아이들이 차례대로 줄을 섰어.

"준비 체조할게요. 발목 돌리기부터 시이작, 왼발부터!"

조용희 선생님의 구령에 맞춰 체조를 하면서도 아이들은 웃고 떠들었어. 어떤 아이는 체조 동작 대신에 이상한 춤을 추기도 했어. 여기저기서 까르르 웃음이 터져 나왔지.

"거기 셋째 줄 두 번째! 장난만 치지 말고 체조해야죠!"

조용희 선생님의 지적에 아이들은 순간 움찔하고는 다시 체조를 따라 했어. 어영부영 준비 체조가 끝나고 술래잡기 시간이 되었어.

"둘씩 짝지어서 가위바위보를 해요. 진 사람이 술래가 되어서 코끼리 코 한 바퀴 돌고 나서 이긴 사람을 잡는 거예요. 뛰면 다칠 수 있으니깐 빠른 걸음으로 걸어야 해요. 알았죠?"

조용희 선생님이 힘차게 호루라기를 불었어. 아이들은 좀전의 주의사항을 까먹었는지 이내 우르르 도망가고, 우르르 쫓아가느라 정신없었어. 여기저기서 "꺅", "으악!", "푸하하!" 하는 소리가 들려왔어. 금세 운동장은 아수라장이 되고 말았지.

"재밌겠다. 나도 술래잡기하고 싶어!"

"뽕이 네가 나오면 다들 놀라서 기절초풍할걸?"

송이는 자꾸만 튀어나오려는 뽕이의 머리를 지그시 눌

렀어. 조용희 선생님이 호루라기를 불면서 소리쳤어.

"얘들아! 선생님이 말했잖아! 제발 좀 뛰지 말고 조심히…… 으악!"

술래를 피해 전력 질주하던 범석이가 조용희 선생님과 부딪쳤어. 범석이와 조용희 선생님이 뒤로 발라당 넘어갔어. 범석이는 넘어지고도 뭐가 그리 우스운지 계속 깔깔대며 웃었어. 조용희 선생님은 인상을 쓰면서 손가락을 붙잡은 채 일어났어.

"선생님, 죄송해요. 훈동이가 티라노사우루스처럼 뛰어와서 피하느라 그랬어요."

"그래. 어디 다친 데는 없니?"

"네, 완전 멀쩡해요! 으악! 선생님 손톱이……."

조용희 선생님의 검지 손톱이 부러져서 피가 흐르고 있었어. 범석이가 겁에 질린 채 조용희 선생님을 바라봤어.

"저 때문에 선생님이 다치신 거예요? 죄송해요, 전 그냥……."

범석이가 울먹이며 말했어. 조용희 선생님이 범석이와 눈을 맞추며 말했어.

"범석아, 신나게 뛰고 놀다 보면 그런 일도 있지. 하지만 앞을 보지 않고 달리면 크게 다칠 수 있으니깐 다음부터는 조심해야 해. 알았지?"

"네, 약속할게요! 선생님."

조용희 선생님이 범석이의 머리를 부드럽게 쓰다듬었어.

"얘들아, 술래잡기는 위험한 것 같으니 그만하자! 선생님이 보건실 다녀올 동안 줄넘기 연습하고 있어요. 단체 줄넘기 한 사람당 열 번씩 넘도록!"

조용희 선생님이 운동장을 떠나자 아이들은 웅성거렸어.

"뭐야, 강범석 때문에 줄넘기로 바뀌었잖아."

"이게 다 너 때문이야!"

"그러게! 우리는 규칙 잘 지키면서 술래잡기하고 있었는데!"

아이들이 범석이를 향해서 투덜거렸어.

"훈동이가 나한테 달려오지만 않았어도 선생님하고 부딪치지 않았을 거라고!"

"야! 강범석, 내 핑계 대지 마!"

아이들이 옥신각신 다투기 시작했어. 분위기가 안 좋아지자 송이가 어쩔 줄을 몰라서 발을 동동 굴렀어.

"싸, 싸우지 마. 얘들아······."

송이의 모기만큼 작은 목소리는 아이들이 다투는 소리에 파묻히고 말았어. 보다 못한 뽕이가 바지 주머니에서 잽싸게 튀어나왔어.

뽕이는 바닥에 떨어져 있는 조용희 선생님의 손톱을 얼른 입에 물고는 운동장 끝에 있는 창고로 뛰어갔어. 뽕이가 손톱을 오도독 씹어 먹자 뭉게뭉게 구름이 피어나면서 뽕이가 조용희 선생님으로 변신했어.

"좋았어."

여전히 아이들이 다투는 사이, 창고 문이 쾅! 열렸어.

"얘들아, 선생님 왔다! 줄넘기 연습 잘하고 있었니?"

　언제 싸웠냐는 듯이 아이들은 단체 줄넘기 연습을 했
지. 울 것 같은 얼굴로 줄 안으로 들어가기를 망설이는
가람이 곁으로 송이가 다가갔어.

　"가람아, 같이 연습하자!"

　훈동이와 영지가 줄 끝을 잡고 돌렸어. 아이들이 차례

대로 들어갔어.

깡충깡충, 폴짝폴짝. 다들 열심히 기를 쓰고 줄을 넘
었어.

"가람아, 네 차례야! 파이팅!"

가람이가 우물쭈물했어. 휘잉 거친 바람 소리를 내며

움직이는 줄을 두려운 눈으로 쳐다보면서 말이야.

"못, 못 하겠어. 너무 빨라. 무서워!"

그때였어!

"가람아! 선생님이 뒤에서 같이 뛸 테니깐 무서워하지 마. 잘하진 못해도 뭐든 즐겁게 하는 게 중요해. 알았지?"

조용희 선생님으로 변신한 뽕이가 번개처럼 달려와 가람이 겨드랑이 사이로 손을 쑥 넣으며 말했어.

"네, 선생님. 저 해 볼게요!"

가람이가 고개를 끄덕였어. 뽕이는 가람이를 끌어안고 줄을 훌쩍 넘었어. 선생님이 뒤에 있다는 사실 때문인지 가람이의 표정이 조금씩 밝아졌어. 어느새 가람이와 뽕이는 한 호흡으로 척척 줄넘기를 넘었어.

"우와! 가람이 열 번 넘었어. 이런 적 처음이야!"

"가람아, 좀만 더 힘내!"

가람이는 뽕이가 줄에서 나간 것도 모른 채 혼자서 줄

넘기를 휙휙 잘도 넘었어.

"열여덟, 열아홉, 스물!"

줄넘기를 스무 개나 넘었다는 사실이 너무 기쁜 나머지 가람이가 주먹을 불끈 쥐고는 제자리에서 방방 뛰었어. 반 친구들도 달려와서 가람이를 축하했어.

"선생님! 저 처음으로 스무 개 넘었어요."

"봤지, 애들아? 가람이가 해내는 모습! 잘하는 친구는 잘 못 하는 친구를 도와주면서 같이 해요!"

"저랑도 같이 뛰어 주세요. 저도 스무 개 못 넘었어요!"

"선생님! 힘이 엄청나게 세시네요! 가람이를 막 번쩍 들어 올리시고."

"그런가? 아침에 밥을 두 공기나 먹어서 그런가 봐, 호호호."

아이들은 뽕이 주위를 둘러싸고는 하고 싶은 말들을 퍼부었어. 그때 송이가 손으로 조용희 선생님으로 변신한 뽕이의 이마를 가리켰어.

"선생님 이마에 보석이 있어요!"

손톱만 한 핑크색 보석이었어. 어디선가 본 듯한 기억에 송이가 고개를 갸웃했어. 뿅이는 뜨끔 놀라며 잽싸게 이마를 가렸어.

"바람에 뭔가 잠깐 달라붙은 거겠지, 호호호."

"어, 얘들아, 저기 봐. 고양이다!"

"어디 어디?"

영지의 말에 아이들이 주위를 두리번거렸어. 고양이 한 마리가 화단에서 운동장을 지그시 바라보며 기지개를 켰어.

"냐아옹!"

고양이는 아이들을 향해서 사뿐사뿐 걸어왔지.

"어머, 어머! 정말 고양이잖아! 귀여워라!"

뿅이가 고양이를 보고 손뼉을 치며 미소 지었어. 평소에 조용희 선생님은 동네 고양이들에게 밥을 종종 챙겨 주곤 했거든. 뿅이도 할머니를 닮아서 고양이를 무서워하지 않았어. 오히려 좋아했지.

이제 진짜 조용희 선생님이 올 때가 되었어. 아쉽지만 뽕이는 서둘러 모습을 숨겨야 했어. 골똘히 생각 중이던 송이가 소리쳤어.

"어, 생각났다! 아까 그 보석 어디서 봤는지!"

"보석? 무슨 보석?"

"어, 어? 아니야. 아무것도!"

가람이의 질문에 송이는 뽕이의 정체를 들킬까 봐 얼른 제 입을 틀어막았어.

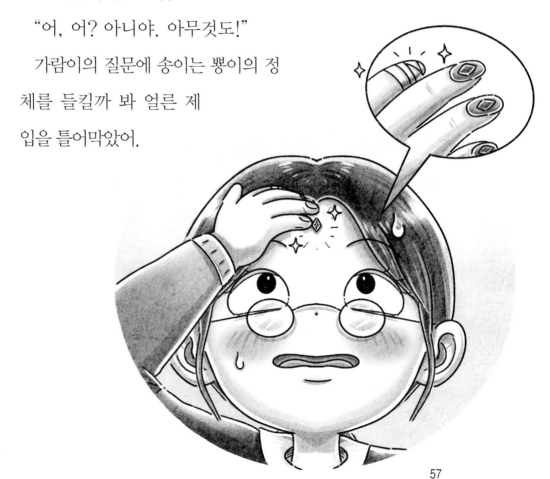

"애들아, 선생님 화장실 다녀올게. 그동안 연습하고 있어!"

뽕이는 진짜 조용희 선생님이 오기 전에 허겁지겁 학교 건물로 달려갔어.

"휴, 하마터면 들킬 뻔했잖아, 뽕이야!"

멀어지는 뽕이의 뒷모습을 걱정스레 바라보면서 송이가 중얼거렸어. 말이 끝나기가 무섭게 진짜 조용희 선생님이 치료를 다 마치고 운동장으로 돌아왔어.

"선생님! 힘만 센 줄 알았더니 달리기도 엄청 빠르시네요?"

"응? 그게 무슨 말이니?"

"선생님! 이번엔 제 차례예요! 빨리요."

"선생님, 시험 보지 말고 그냥 놀면 안 돼요?"

"아이고, 그러다가 또 다칠라. 한 사람씩 차근차근 말 하세요!"

까불이 훈동이, 모범생 윤아, 줄넘기라면 끔찍하게 싫 었던 가람이까지……. 모두 해맑게 웃으며 조용희 선생 님을 에워쌌어. 아이들의 방긋 웃 는 모습에 조용희 선생님의 기분까 지 밝아지는 것 같았어. 조용희 선 생님이 피식 웃으면서 촐싹대는 아 이들 머리를 부드럽게 쓰다듬었어.

"알았다, 알았어! 오늘은 그럼 줄넘기 시험 보지 말자! 대신 열심히 연습해야 해?"

"네에!"

아이들의 기분 좋은 함성이 운동장에 가득했어.

달콤한 거짓말

오늘도 뽕이는 멜빵 치마 주머니 안에서 송이와 함께 학교에 갔어. 학교 교문을 들어설 때였어. 구도철 교장 선생님이 송이와 같은 반인 태랑이와 나란히 걷는 게 보였어. 그런데 태랑이가 똥 마려운 강아지처럼 어쩔 줄 몰라 했어.

"태랑이 말이야, 어디 아픈가? 왜 저러지?"

그때 송이의 목소리를 들은 태랑이가 냉큼 뒤를 돌아보았어.

"어랏, 송이잖아? 송이야, 같이 가자!"

태랑이가 후다닥 뛰어와서 송이 옆에 찰싹 붙었어.

"난 교장 선생님 무서워. 자꾸 말 시키셔서 힘들었는데 송이 너 만나서 다행이다."

"그래? 저번에 나한테도 말 거셨는데 무서운 분은 아니던데……."

송충이 같은 짙은 눈썹에 부리부리한 눈, 뾰족한 화살코를 가진 구도철 교장 선생님은 인상이 조금 무섭기는 해. 한번은 구도철 교장 선생님이 복도에서 뛰지 말라고 조용히 타일렀는데 어떤 애가 엉엉 운 적도 있대.

"허허, 고 녀석. 요즘 학교생활이 어떤가 하고 얘기 좀 들어 보려고 했더니만……."

구도철 교장 선생님은 아이들이 자기를 어려워하는 게 어쩐지 속상했어. 가까이 다가가고 싶어서 고소한 땅콩 사탕도 준비했는데 말이야. 교장 선생님이 주머니에 손을 넣고 조몰락거리자 뽀스락 소리가 났어. 뽕이의 큰

귀가 그 소리를 놓치지 않았지.

"앗, 저건……!"

뿅이는 구도철 교장 선생님에 대한 아이들의 오해를
풀어 줘야겠다고 마음속으로 다짐했어.

교장실에는 아무도 없었어. 뿅이는 열린 창문 틈새로
살그머니 몸을 숙이고 들어와 잽싸게 벽을 타고 내려갔

어. 휴지통에 들어간 뽕이가 쓰레기를 파헤쳤어.

"있다, 있어!"

뽕이가 휴지에 싸여 있던 손톱을 씹어 먹자 뭉게뭉게 연기가 피어오르면서 구도철 교장 선생님으로 변신했어. 변신을 끝마친 뽕이는 코를 킁킁거리며 땅콩사탕이 있는 곳을 찾았어.

"어디 보자, 킁킁킁, 여긴가?"

장식장 속 길쭉한 도자기에서 달콤한 냄새가 솔솔 풍겼어. 손을 넣자 아니나 다를까. 땅콩사탕이 한가득 들어 있었어. 하나를 꺼내서 입에 넣자, 고소한 땅콩 맛이 느껴졌어. 침이 퐁퐁 솟아났지.

"이렇게 맛있는 걸 주면 애들이 좋아하겠지?"

뽕이는 땅콩사탕을 한 움큼 집어서 주머니에 넣고 교장실을 나왔어.

뽕이는 복도를 걷다가 송이를 보고 아는 체했어. 송이가 구도철 교장 선생님으로 변신한 뽕이에게 꾸벅 인사

했어. 왜인지 몰라도 송이는 오늘따라 교장 선생님이 편하게 느껴졌어.

"앗, 안녕하세요. 교장 선생님."

"오, 얼마 전에 전학 온 송이로구나. 새 학교가 마음에 들었으면 좋겠구나."

옆에 있던 영지가 송이의 옆구리를 콕 찌르며 말했어.

"송이 너, 교장 선생님께 먼저 인사를 했어? 안 무서워?"

"응. 교장 선생님 겉모습과는 달리 다정한 분인 것 같아."

그때 교실로 들어가려던 조용희 선생님이 뽕이에게 인사를 꾸벅했어.

"어머, 교장 선생님! 안녕하세요!"

"허허허! 안녕하세요. 조용희 선생님. 혹시 실례가 안 된다면 잠시 교실에 들어가도 될까요? 요즘 우리 친구들이 어떤 생각을 하는지 들어 보고 싶거든요."

"네, 잠깐 들어가시죠!"

뽕이는 반가운 마음에 문을 열자마자 반 아이들에게 마구 손을 흔들었어. 다들 구도철 교장 선생님의 갑작스러운 등장에 놀란 눈치였어. 그 모습에 뽕이는 아차 싶었지. 지금은 교장 선생님이니깐 친구에게 하듯 손을 흔들면 놀라는 게 당연하지. 뽕이는 어른들이 하듯 뒷짐을 지고 목소리를 다시 가다듬었어.

"다들 수업 준비 잘했나요? 요즘 학교생활은 재미있는지, 혹시 고민거리는 없는지 궁금해서 잠깐 들렀어요."

"오늘은 친구의 장점을 돌아가면서 이야기해 보려고 해요."

조용희 선생님이 생긋 웃으며 대답했어. 하지만 아이

들은 조용했어. 다들 구도철 교장 선생님 앞에서 발표하는 길 망설였지.

"자, 발표하는 아이들에게 교장 선생님이 달콤한 사탕을 하나씩 줄게요!"

뽕이의 주머니에서 나온 땅콩사탕을 본 아이들의 눈빛이 반짝거렸어. 군것질을 좋아하는 훈동이가 눈치를 보다가 손을 번쩍 들었어.

"교장 선생님, 전 태랑이의 장점을 발표할게요. 태랑이는 달리기도 빠르고 축구를 잘해요. 나중에 꼭 손흥민 같은 선수가 될 거예요. 그래서 미리 사인도 받았죠!"

훈동이가 씩 웃으며 사인 종이를 내밀었어. 태랑이도 씩 웃으며 훈동이를 바라봤지.

"참 멋지구나. 태랑이는 훈동이 덕분에 꼭 좋은 선수가 될 거다. 훈동이에게 땅콩사탕을 선물로 주마!"

이번엔 태랑이가 손을 번쩍 들었어.

"윤아는 언제나 잘 웃어서 우리를 기분 좋게 해요. 반장이라서 그런지 말도 잘하고 참을성도 있어요. 저와는 다르게요!"

아이들이 마지막 말에 까르르 웃었어. 뽕이가 또 땅콩사탕을 꺼내서 태랑이에게 줬어. 윤아도 질세라 손을 들었어.

"가람이는요, 쉽게 포기하지 않아요. 처음에는 줄넘기 열 번 넘는 것도 힘들어했지만, 지금은 2단 뛰기 열 번도 거뜬하게 하는 노력파 천재예요. 저도 사탕 주세요."

뽕이가 윤아에게 땅콩사탕을 주자, 이번에는 송이가 손을 들었어.

"범석이는 우리 반에서 게임을 제일 잘해요. 제가 이틀 걸려도 못 넘긴 단계를 일 초 만에 넘겨 줬어요. 그러더니 자기는 공부는 못해도 잔머리가 잘 돌아간다고 했어요. 범석이는 겸손해요!"

"일 초 만에 했다는 건 말이 안 되지만, 잘했어요. 사탕 받아요!"

송이는 사탕을 받았지만 아직 자기 이름이 나오지 않아서 초조했어. 장점이 하나도 없는 아이가 된 것 같아서였어. 그때 짝꿍인 영지가 조용히 손을 들었어.

"이번엔 제가 발표해 볼게요."

"오호, 그래요. 좋아요."

"제 짝꿍 송이는 친구의 걱정을 잘 들어 줘요. 평소에는 조용하지만, 고민이 있는 친구에게 먼저 다가가 손 내미는 다정한 아이죠. 글씨도 반듯하게 잘 쓰고요, 전 송이가 제 짝꿍이라서 참 좋아요."

송이 얼굴이 할머니가 잘 가꾼 장미꽃처럼 붉어졌어. 뽕이가 그런 송이를 흐뭇하게 바라봤지.

"전학 온 지 얼마 안 됐는데 송이는 벌써 친구들과 친해졌군요. 영지도 사탕 받아요."

"감사합니다, 교장 선생님."

그때 송이의 눈이 확 커졌어. 구도철 교장 선생님 허리춤으로 툭 튀어나온 파란색 체크무늬 리본이 보였거든. 뽕이가 변신한 상태에서 크게 기쁘거나 놀라면 본래 모습이 불쑥 나와 버리는 걸 송이는 몰랐어. 놀란 송이의 표정을 보고 뒤늦게 자기의 리본이 튀어나온 걸 눈치 챈 뽕이가 뒤로 슬금슬금 물러났어.

"앗, 내가 시간을 너무 많이 빼앗았네요. 이만 가 볼게요. 앞으로도 친구를 칭찬하고 격려해 주는 풀잎 초등학교 어린이가 됩시다!"

"그러면 또 땅콩사탕 주실 거예요?"

"물론이지! 그럼 모두, 바이바이!"

허둥지둥 나가는 구도철 교장 선생님을 아이들이 이상하게 바라봤지. 뿡이가 교장 선생님으로 변신했다는 사실을 알게 된 송이는 아무 말도 못 하고 마른침을 꼴깍 삼켰어.

쉬는 시간 종소리에 아이들이 우르르 복도로 뛰어나갔어. 태랑이가 복도 끝에 있는 구도철 교장 선생님에게 다가가 길을 가로막으며 외쳤어.

"교장 선생님, 땅콩사탕 맛있었어요! 앞으로도 저희 반에 자주 놀러 와 주세요."

"응? 땅콩사탕이라니? 혹시 내가 태랑이 너한테 땅콩사탕을 준 적 있니?"

영지가 쪼르르 달려와서 말했어.

"아까 2학년 2반에 와서 땅콩사탕 주셨잖아요. 반 애들 전부 받았어요!"

진짜 구도철 교장 선생님은 어안이 벙벙했지. 지나가던 조용희 선생님이 다가와서 말했어.

"교장 선생님이 주신 땅콩사탕 덕분에 오늘 저희 반 아이들이 발표를 열심히 했죠! 아이들 이야기에 관심을 가져 주신 덕분에 수업 분위기가 엄청 좋았어요."

구도철 교장 선생님은 당황했지만, 아이들이 좋아해 줘서 은근히 기분이 좋았어.

교장실로 돌아온 구도철 교장 선생님은 사탕 단지를 들여다보았어.

"거참 이상하네? 이게 어떻게 된 일인지? 그 많던 사탕이 다 어디 갔지? 아이들하고 친해지고 싶은 내 소원을 누가 들기라도 한 건가? 내 손톱을 먹고 둔갑한 쥐가

있나⋯⋯."

구도철 교장 선생님이 달랑 한 개 남은 사탕을 꺼내서 입에 쏙 넣었어. 단맛이 퍼지자 금세 기분이 좋아졌어. 교장 선생님은 볼록 나온 뱃살을 통통 두드리며 말했어.

"어쨌건 잘됐어. 이번엔 무슨 사탕을 주문해 볼까? 아이들이 좋아하는 걸로 골고루 사 볼까? 체육 시간에 가서 같이 노는 것도 재밌을 것 같아."

얼굴 가득 미소를 띤 구도철 교장 선생님이 사탕을 오물거리면서 중얼거렸어.

모두 함께

급식을 다 먹고 나서 쉬는 시간이었어. 윤아가 안경을 치켜올리며 송이에게 물었어.

"모둠 숙제 어떡하지?"

"곤충 관찰 숙제? 뭐부터 할까? 근데 곤충 보려면 어디로 가야 해?"

다들 서로 얼굴만 쳐다봤어.

"그럼, 내일 우리 집 갈래? 집 앞 정원에 곤충들이 많이 살 것 같은데."

"진짜? 가도 돼?"

"그럼, 엄마가 언제든 친구들 데려와서 놀아도 된댔어. 아, 우린 숙제하러 가는 거지만."

송이가 밝게 웃으며 말했어.

그날 저녁, 엄마는 장을 보고 손님 맞을 준비를 했어. 송이도 두근대는 마음으로 엄마를 도왔어. 정원에서 친구들과 시간을 함께 보낼 생각에 가슴이 설레었어.

다음 날, 태랑이가 풀 죽은 모습으로 아이들에게 다가왔어.

"애들아, 미안해. 난 오늘 못 갈 것 같아."

태랑이가 아랫입술을 깨물며 말했어.

"태랑아, 너 왜 못 와?"

"그게……. 엄마가 오늘 학교 끝나자마자 집에 와서 동생 돌보래. 오늘 세랑이 다니는 태권도 학원이 건물 공사로 쉬는 바람에 어쩔 수 없대."

"엄마가 어제저녁부터 맛있는 음식 많이 만들었는데……."

"미안해. 나도 이렇게 될 줄 몰랐어."

아이들 모두 서운해하자 송이가 제안했어.

"그럼, 세랑이도 같이 가자!"

"진짜? 그래도 돼?"

"나는 좋아. 애들아, 너희들은 어때?"

"우리도 괜찮아!"

"고마워! 애들아. 세랑이도 분명히 좋아할 거야!"

태랑이가 기쁜 마음에 싱글벙글 웃었어.

"안녕하세요! 실례하겠습니다!"

집에 온 아이들을 송이 엄마가 반갑게 맞이해 주었어.

"친구들, 오느라 수고했어요. 아줌마가 금방 맛있는 음식 차려 줄게."

"네!"

우렁찬 대답에 송이 엄마가 생긋 웃었어.

식탁 위에 직접 튀긴 바삭한 치킨과 먹음직스러운 수제 햄버거, 영양 만점의 생과일주스까지 뚝딱 올라왔어. 맛있는 냄새가 아이들의 콧구멍 속을 들락거렸지.

"잘 먹겠습니다!"

아이들이 한마음으로 소리쳤어. 다들 배가 고팠는지 떠들지도 않고 음식을 먹느라 손이 바빴어.

"와, 아줌마! 이건 진짜 돈 주고도 못 먹을 만큼 맛있어요! 으악!"

세랑이가 손뼉 치며 감탄하다가 옆에 앉은 영지의 주스 잔을 팔꿈치로 치고 말았어. 그 바람에 영지의 티셔츠에 주스가 살짝 묻고 말았지. 태랑이가 눈썹을 찌푸리며 세랑이를 나무랐어.

"야, 강세랑! 너 오빠가 얌전히 있으라고 했지!"

"계속 얌전히 있었거든. 이건 실수야, 실수!"

세랑이가 지지 않고 대꾸했어.

"그래, 먹다 보면 그럴 수 있지. 영지야, 이걸로 닦으렴."

"네. 집에 가서 빨 거니깐 이 정도는 괜찮아요."

식사를 마친 아이들은 돋보기와 핀셋, 채집통, 잠자리 채를 들고 정원으로 향했어.

"뭐야, 밥 먹었으면 소화 시킬 겸 놀아야지! 웬 숙제?"

세랑이가 잔뜩 심통이 난 얼굴로 투덜댔지.

"오늘 송이네 집에서 모인 이유가 모둠 숙제 때문이라 고 내가 말했잖아. 얌전히 굴겠다고 한 건 다 거짓말이 었어? 너 혼자 조용히 놀고 있어."

"쳇, 너무해!"

태랑이의 말에 세랑이의 입이 삐죽 나왔어. 송이는 씩 씩대는 세랑이를 안쓰러운 눈길로 바라봤지.

정원으로 나간 아이들은 재잘거리며 풀숲의 곤충을 관 찰하기 시작했어.

"우와, 방금 특이한 메뚜기 봤어. 뭐지? 사마귀인가?"

"어디, 어디? 나도 볼래!"

세랑이가 헐레벌떡 달려오는 소리에 아이들이 관찰하던 곤충이 멀리 도망쳤어.

"어, 그거 누에고치 아니야? 떨어지지 않게 조심해! 사진만 찍자!"

"뭐, 누에고치? 거기서 진짜 나비가 나오는 거야? 나도 볼래!"

세랑이가 다시 조심성 없이 나뭇가지를 툭 건드리자, 누에고치가 휭 하고 흔들렸어. 혹여 바닥에라도 떨어질까 걱정했던 아이들이 다행이라며 깊은 숨을 내쉬었어.

"강세랑, 얌전히 있으라고 했지!"

"쳇, 심심한 걸 어떡해!"

세랑이가 투덜거리며 다시 제자리로 돌아갔어. 뽕이는 숲 한쪽에서 아이들을 말없이 바라봤지.

"태랑아, 네 동생 완전히 벌레 씹은 얼굴인데? 저렇게 둬도 괜찮을까?"

"야, 곤충 관찰하는데 그런 무서운 말을 하냐! 내 동생 엄청 시끄럽고 말도 안 들어. 같이 관찰했다간 숙제도 망치고 아무것도 못할 거야. 내버려 둬."

세랑이는 시무룩하게 손가락으로 흙만 후비적거렸어.

"얘들아, 나 이쪽에서 개미집을 발견한 것 같아. 송이네 집 무슨 정글 같다."

"개미집이라고? 나도 궁금해! 나도 볼래!"

풀꽃을 꺾던 세랑이가 벌떡 일어나서 달려왔어. 세랑이의 쿵쿵거리는 발걸음에 개미들이 쪼르륵 제집 안으로 냉큼 들어가 버렸어. 세랑이가 계속 방해하자, 태랑이의 표정이 바로 어두워졌어.

"강세랑! 자꾸 이럴 거면 혼자 집에 가! 너 때문에 숙제를 하나도 할 수가 없잖아!"

"싫어! 안 가! 오빠가 자꾸 가라 그러면 나도 엄마한테 이를 거야!"

남매가 팽팽하게 맞섰어. 아이들은 중간에서 눈치만 보느라 쩔쩔맸지.

뽕이가 턱을 괴고는 심각한 표정으로 혼잣말을 했어.

"음, 아무래도 내가 나서야 할 것 같아."

뽕이는 코를 킁킁대며 풀숲 바닥을 샅샅이 뒤졌어. 몇 분 있다가 하얀 손톱을 들고 뽕이가 외쳤어!

"역시나 있었어!"

손톱을 오도독 씹어 먹자 뭉게뭉게 연기가 피어오르더니 뽕이는 금세 갈색 털이 보송보송한 귀여운 강아지로 변신했어. 강아지로 변신한 뽕이가 남매 사이로 달려들었어.

"왈왈! 왈왈왈왈!"

"우와! 엄청 귀여운 강아지야!"

"갑자기 강아지가 나타나서 싸움을 말렸네? 잘됐다!"

윤아가 씩 웃으며 송이에게 말했어. 송이는 혹시나 하는 마음에 주머니를 살폈어. 역시나 텅 비어 있었지.

뽕이는 세랑이 주위를 뱅글뱅글 돌더니 집 앞에 있는 공원으로 향했어. 세랑이는 뽕이를 따라나섰지. 그 모습을 보며 송이는 피식 웃었어.

아이들이 모둠 숙제를 하는 동안 뽕이와 세랑이는 공원에서 마음껏 놀았어. 세랑이는 빗물이 고인 웅덩이를 나뭇가지로 콕 찍어서 바닥에 그림을 그리고, 뽕이와 고무공 물어 오기 놀이도 했어. 뽕이는 풀밭을 뒹굴다가 예전에 보물찾기했을 때 잃어버렸던 할머니표 리본을 찾았지 뭐야. 꽃무늬가 자잘하게 들어가 있어서 뽕이가

아주 좋아하던 리본이었는데 다시 찾은 기쁨은 이루 말할 수 없었지.

그렇게 신나게 놀다 보니 어느새 해가 산 너머로 뉘엿뉘엿 넘어가고 있었어. 땀까지 삐질삐질 흘리며 열심히 놀던 세랑이는 이제 잠이 온다며 연신 하품을 해 댔어.

뽕이가 세랑이랑 같이 집으로 돌아오자 송이와 친구들도 무사히 모둠 숙제를 끝마친 듯 보였어.

"송이야, 고마워. 네 덕분에 숙제도 다 하고, 세랑이도 잘 논 것 같아."

"맞아! 송이네 엄마가 해 주신 음식도 최고로 맛있었어."

"우리 모둠 숙제 백 점 받으면 어떡하지? 다른 애들이 질투하는 거 아니야?"

친구들의 말에 송이는 뿌듯한 기분이 들었어.

모두 돌아가고 나서 송이가 뽕이에게 눈을 찡긋 윙크하며 말했어.

"오늘도 도와줘서 고마워, 뽕이야! 이건 널 위해 준비

한 작은 선물이야."

송이의 손바닥 위에 통통하고 윤기가 흐르는 아몬드가 놓여 있었지. 뽕이가 군침을 삼키며 아몬드를 집어 들고 오도독 씹어 먹었어.

"열심히 놀아서 그런지 다른 날보다 유난히 더 고소하다. 세랑이 덕분에 잃어버렸던 리본까지 찾았지 뭐야?"

뽕이가 예쁜 꽃무늬 리본을 매단 꼬리를 살랑살랑 흔들었어. 송이가 손가락으로 뽕이의 머리를 살살 쓰다듬었어. 기분이 좋아진 뽕이가 눈을 감은 채 코를 씰룩거렸어.

"내일은 또 어떤 일이 생길까 기대돼. 뽕이야."

송이의 어깨 위에 올라온 뽕이가 기대와 호기심으로 눈을 반짝이며 대답했어.

"나도 그래! 너와 함께라면 뭐든지 즐거울 거야."

저는 거꾸로 생각하길 좋아하는 아이였어요.

재미있게 읽은 책의 맨 뒷장을 덮을 때 가슴이 두근두근 떨렸어요. 이야기는 끝났지만, 주인공이 어딘가에서 계속 모험을 하지 않을까 떠올리면 절로 미소가 지어졌어요.

어쩌면 악당과 화해하고 둘도 없는 친구가 되지 않았을까? 용감한 겉모습과는 달리 실은 어두운 곳을 무서워한다면? 이런 생각이 꼬리에 꼬리를 물었어요.

이 책에 나오는 뽕이도 그렇게 태어났어요. 저에게 책에서 만난 '손톱 먹은 쥐'는 무서운 게 아니라 친해지면 정말 재미있겠다는 기대감을 생기게 했거든요.

뽕이는 작지만, 그래서 남들 눈에 띄지 않는 부분까지 자세히 볼 수 있어요. 손톱을 오도독 씹으면 누구든 될 수 있는 변신 능력 때문에 매일 신나게 지내죠. 친구의 이야기에 귀를 기울이고 고민을 뽕! 해결해 주면서요.

만약 내가 그런 일을 겪으면 어땠을까? 하고 친구와 이야기를 나누고, 같이 도전해 보는 건 새로운 나를 발견하는 일이기도 해요. 그런 일은 놀랍고 소중한 기억이 된답니다!

책을 읽고 난 뒤 여러분도 뽕이처럼 귀를 쫑긋 세우고, 눈을 반짝여 보세요. 즐거운 모험을 함께 떠날 친구를 찾을지도 모르거든요. 《손톱을 오도독! 변신 대장 뽕이》가 여러분의 가슴에 닿길 진심으로 바랄게요.

2024년 11월
한수연

행복한 책꽂이 29

1판 1쇄 발행 2024년 11월 20일
글 한수언 | **그림** 홍그림
펴낸이 김상일 | **펴낸곳** 도서출판 키다리
편집주간 위정은 | **편집** 이신아 | **디자인** 박규리 | **마케팅** 윤재영, 장현아 | **관리** 김영숙
출판등록 2004년 11월 3일 제406-2010-000095호
제조국 대한민국 | **사용연령** 8세 이상 | **주소** 경기도 파주시 심학산로 10
전화 031-955-9860(대표), 031-955-9861(편집) | **팩스** 031-624-1601
이메일 kidaribook@naver.com | **홈페이지** www.kidaribook.kr
ISBN 979-11-5785-732-6 (73810)